ZOÉ

La petite souris qui a perdu une dent

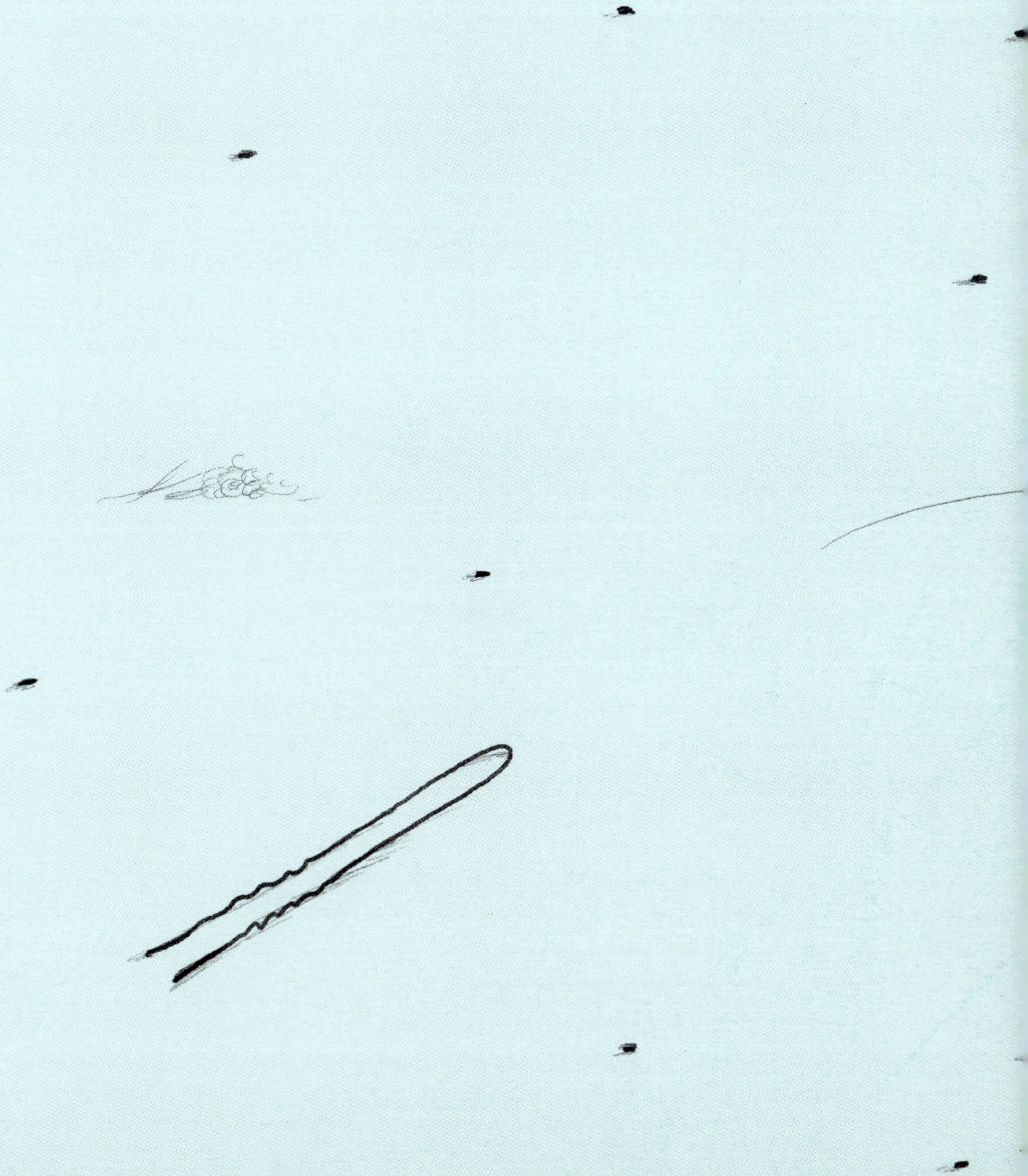

Flammarion — ISBN : 978-2-0812-0989-3
87, quai Panhard et Levassor — 75647 Paris Cedex 13
www.editions.flammarion.com
Imprimé en France par Pollina s.a, 85400 Luçon — 11/2007 — L45345
Dépôt légal : février 2008
Loi n°49-956 du 16 juillet 1949 sur les publications destinées à la jeunesse.

La petite souris qui a perdu une dent

Clair Arthur

Marc Boutavant

Père Castor ■ Flammarion

Oh ! il est l'heure !
Vite, Noisette enfile son sac à dos à dents.
Aujourd'hui, Zaza, cette chipette à couettes,
a perdu une dent sur le devant.

Un clic, deux clics, la petite souris
ferme la porte de son nid.
Elle habite dans le noir, sous la baignoire.

Elle se dépêche.
Minuit est passé.
Ses pattes glissent sur le carrelage.
Elle connaît le couloir. Elle fonce.
À gauche toute, la chambre de Zaza.

Ça va, tout est calme.
Hop ! par-dessus les ours, les crocodiles et les pandas.
Mais quand est-ce qu'elle range sa chambre, cette chipette ?

Un bond.
Plouf ! sur la couette.
Heureusement, Zaza dort comme un ange.
Alors, où est-elle cette dent ?
Noisette s'enfonce sous l'oreiller.
Mais où est-elle ?

Ah ! ça sent la dent de lait par ici.
La voilà.
– Mon sac à dos à dents..., murmure la souris.

Ho ! hisse ! la dent dedans... et le tour est joué.
– Nom d'un fromage qui rit ! s'exclame Noisette.
J'ai oublié la pièce ! Il faut que je retourne la chercher chez moi.
Ah ! là, là ! Quand est-ce que je vais pouvoir dormir ?

Noisette saute au bas du lit.
Elle bondit par-dessus les ours, les crocodiles, les pandas...
Le couloir, à fond la caisse.
La salle de bains...

Catastrophe !
La petite souris s'écrase le nez contre une mule.
Mais qui a laissé traîner cette sandale au milieu du chemin ?
Rien n'est jamais rangé dans cette maison.
– Oh non ! crie Noisette.
Je me suis décroché une dent !

Vite, vite ! la petite souris range sa dent avec celle de Zaza.
Vite, vite ! Clic, clic ! elle rentre dans son nid.
Elle ôte son sac à dos à dents.
Elle enfile son sac à dos à pièces.

Clic, clic ! Attention à la sandale,
la petite souris fonce dans le couloir.
Les peluches, un bond, deux bonds,
elle est revenue sous l'oreiller de Zaza.
Le sac à dos à pièces…
Et zou ! la pièce sous les plumes.
Mission accomplie.
Zaza, demain à son réveil,
trouvera un beau sou tout neuf.

Tac, tac ! par-dessus les ours, les peluches,
elle rentre au nid.
Ouf ! quelle nuit !

Elle s’allonge sur le paquet de lentilles
qui lui sert de lit.
Elle soupire.

Elle essaie de dormir.
Mais une chose l'empêche de fermer l'œil : sa dent.
Alors, Noisette se lève.
Du sac à dos à dents, elle sort sa canine, cassée net à la base.
Une si belle canine…

Ça non, elle ne va pas la ranger sur le tas de dents
que Zaza et ses frères et sœurs ont déjà perdues.

Noisette a une idée.
Elle sait où elle va la mettre sa dent.
Sous son oreiller de semoule de couscous…
Comme ça elle aura un sou, elle aussi.
Enfin, peut-être.

Mais qui va lui apporter la pièce ?

Cette question empêche encore la petite souris de dormir.
Elle guette. Elle fait semblant de fermer les yeux.
Elle les garde un tout petit, tout petit, tout petit peu ouverts.
Par la toute petite, toute petite, toute petite fente,
elle surveille les quatre coins de son nid.
– Si quelqu'un se pointe avec une pièce,
je ne peux pas le manquer, pense Noisette.

Au bout d'un moment, la toute petite,
toute petite, toute petite fente se réduit.
Et se ferme.
La petite souris dort.

Pressée, pressée, qui passe, aïe !
sous la porte du nid de la petite souris ?
Aïe, aïe ! Qui se glisse donc sous la porte et, zut !
coince son sac à dos à pièces ?
Ah ! là, là ! le sou est bien trop gros. Passera pas.
Qui tire, tire sur le sac, de toutes les forces de ses huit pattes ?
Hooooo ! hhhhhiiiiisse !

Ça y est, la pièce est passée, mais le sac est cassé.
Et Suzette, l'araignette, s'est cassé la binette… et les lunettes.
– Ma dent, j'ai perdu une dent, se lamente Suzette.
Voilà ce qui arrive quand je suis trop pressée.

Aïe ! Hop ! l'araignette, qui s'est fait mal au dos, dépose sous l'oreiller de Noisette un sou de souris bien brillant.

Sans lunettes, sa dent dans une chaussette,
Suzette repasse, aïe, aïe !
sous la porte du nid de la souricette.

Aïe, aïe ! mais quel métier…
– Dès que je rentre dans ma toile, je me couche, dit Suzette.
Mais avant de dormir, je mets ma dent sous mon fil.

les P'tits albums du Père Castor

Les 4 saisons de Tilouloup
24 petites souris avant Noël
24 petites souris et la neige de Noël
C'est mon nid !
Castagrogne de Carabistouille
Cette nuit-là...
Chuuut !
Dragon bleu dragon jaune
Étoile d'amour
Eustache et Raoul
Feu Follet est très pressé
Gare à Edgar !
Le géant va venir ce soir...
Hector le loup...
Hip hip hip sorcière !
L'histoire du soir
Imagine...
J'ai oublié de te dire je t'aime
J'ai un énorme bobo
Je m'ennuie dans mon lit
Je veux une petite sœur
Lou, la brebis
Ma Maîtresse est une ogresse
Ma Maman Ourse est partie
Maman m'embête tout le temps
Manon cœur citron
Maxime Loupiot
Mère Citrouille
Le monstre de la jungle
Noël Baobab
Le Noël de Maître Belloni
La nuit du Mélimos
L'ours vagabond
Pas dodo !
Pénélope la Poule de Pâques
Personne ne m'aime
Petit Âne veut être un loup
Petit Oursin
La petite fille du port de Chine
La petite fille et les loups
La petite souris qui a perdu...
Pipi Caca Popot !
Le plus féroce des loups
Qu'est-ce que j'ai dans la tête ?
Qui est le plus rusé ?
Rentrée sur l'île Vanille
Rien qu'un méchant loup !
Le roi qui rêvait d'être grand
Sango et la rivière
Le serpent à fenêtres
La sieste des mamans
Snow, le petit esquimau
Titou peur de tout
Très, très fort !
Les trois grains de riz
Un bleu si bleu
Le voyage de Lou